아낌없이 주는 나무

쉘 실버스타인 지음 | 김제하 옮김

소담출판사

김제하

부산 출생, 중앙대학교 영어영문학과 졸업.
역서로 『나의 라임 오렌지나무』 『어린왕자』 『탈무드』 등이 있다.

BESTSELLER WORLDBOOK 08

아낌없이 주는 나무

펴낸날 | 1991년 5월 20일 초판 1쇄

지은이 | 쉘 실버스타인
옮긴이 | 김제하
펴낸이 | 이태권
펴낸곳 | (주)태일소담
　　　　서울시 성북구 성북동 178-2 (우)136-020
　　　　전화 | 745-8566~7 팩스 | 747-3238
　　　　e-mail | sodam@dreamsodam.co.kr
　　　　등록번호 | 제2-42호(1979년 11월 14일)
　　　　홈페이지 | www.dreamsodam.co.kr

ISBN 89-7381-008-1 00840

The Giving Tree

Shel Silverstein

Once there was a tree…
and
she loved a
little boy.

The Giving Tree

Once there was a tree···

오래전에 나무 한 그루가 있었어요

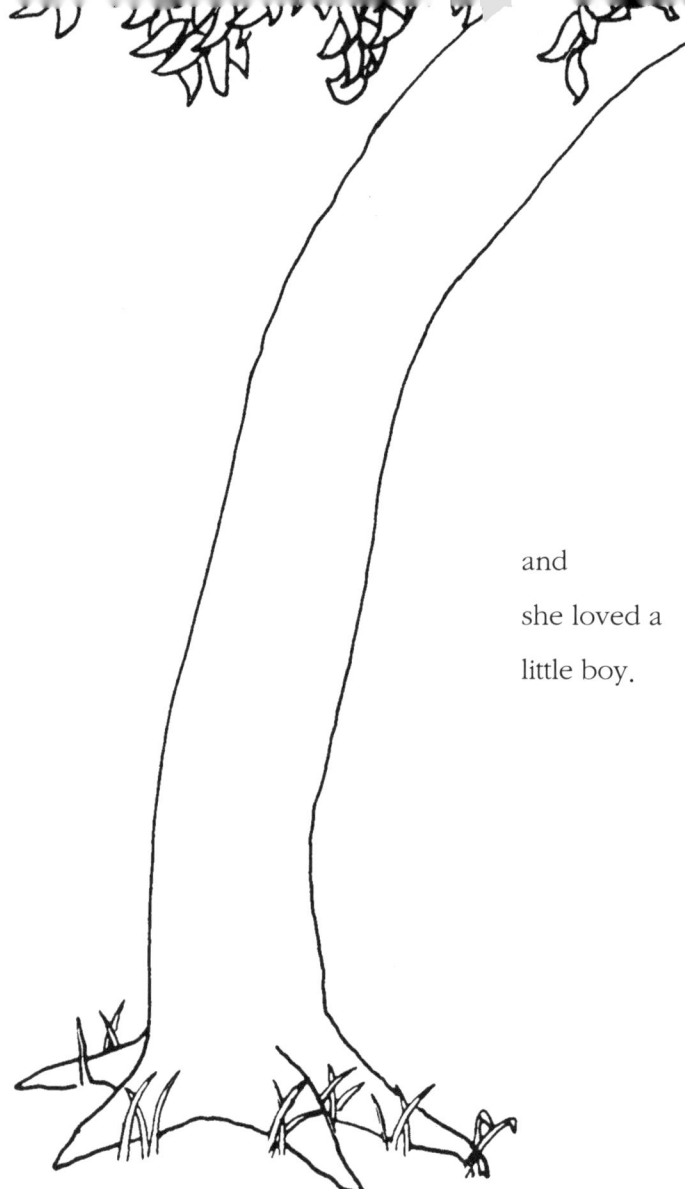

and
she loved a
little boy.

12

그리고
그 나무에겐 아끼는 귀여운
소년이 있었죠.

And everyday
the boy
would come.

그 소년은 매일같이
나무에게로 왔어요.

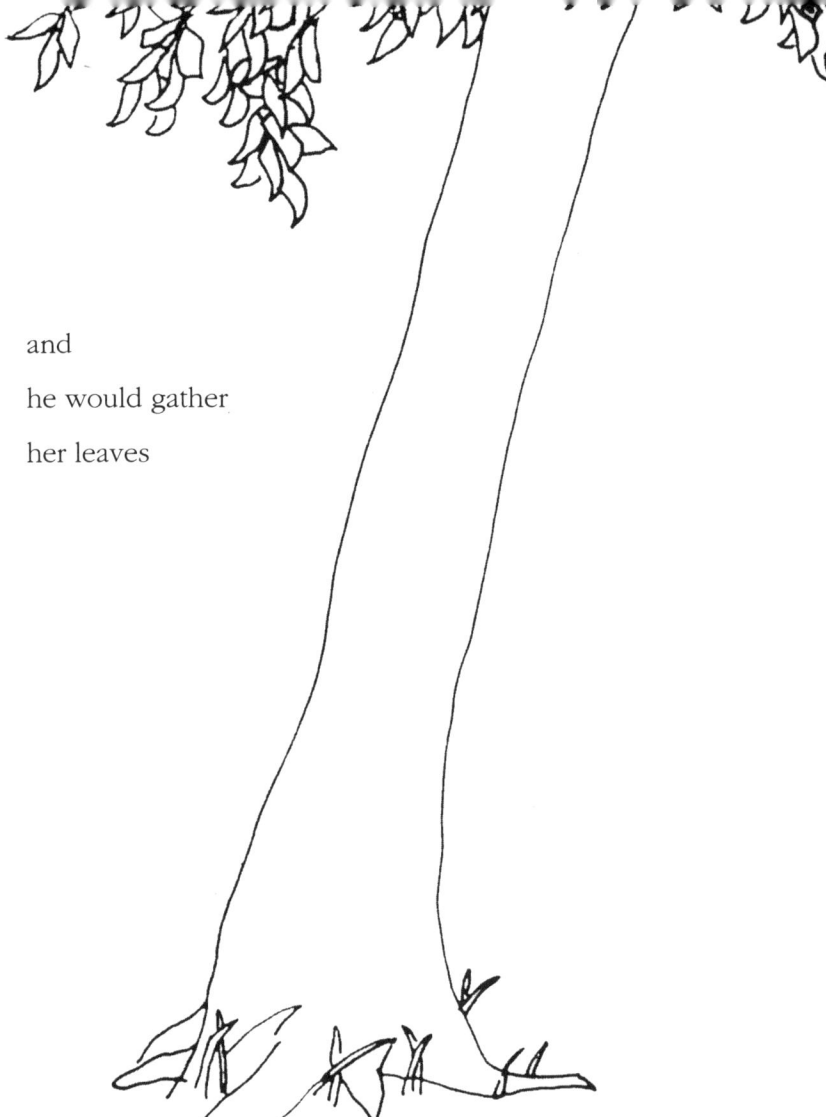

and

he would gather

her leaves

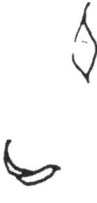

그리고는
소년은 떨어지는 나뭇잎을
열심히 주워 모았죠.

and make them

into crowns

and play king of the forest.

그런 다음 나뭇잎으로
왕관을 만들어 쓰고는
숲속의 왕 노릇을 즐겼어요

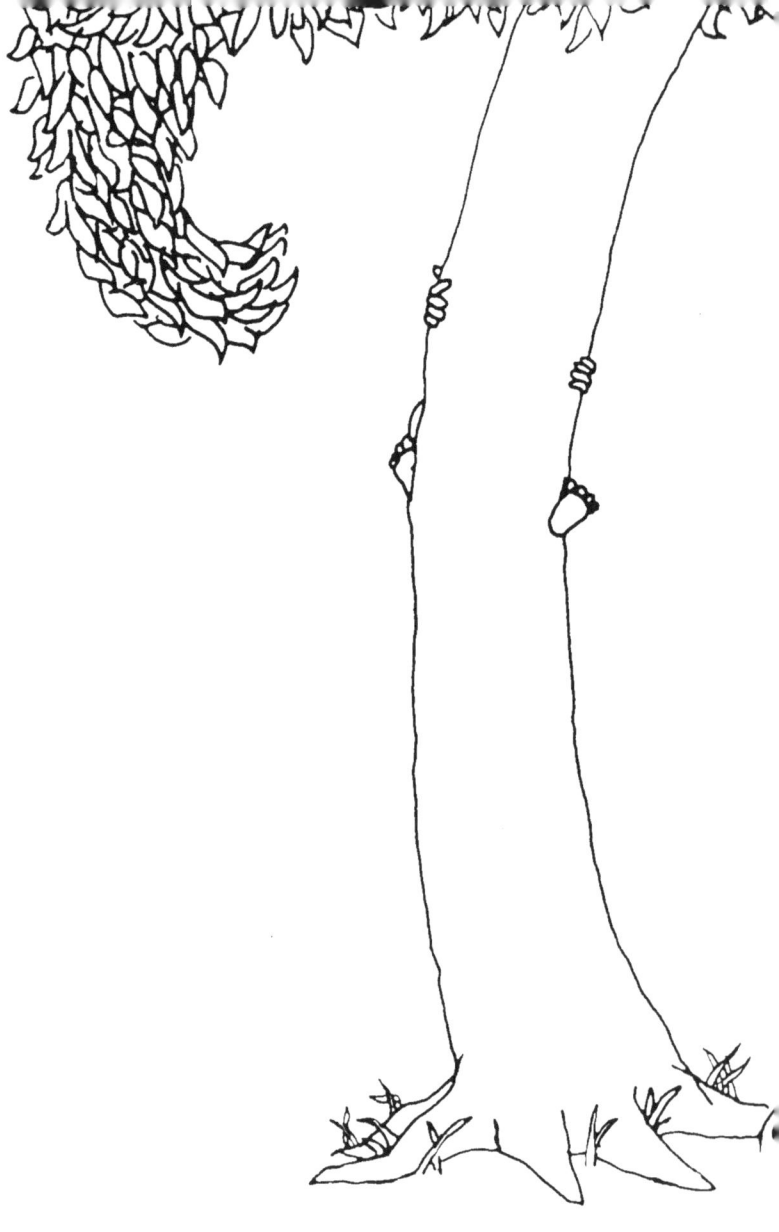

He would climb up her trunk

또 소년은 니무 기둥을 타고 올라가서는

and swing from her branches

나뭇가지에 매달려 그네도 타고

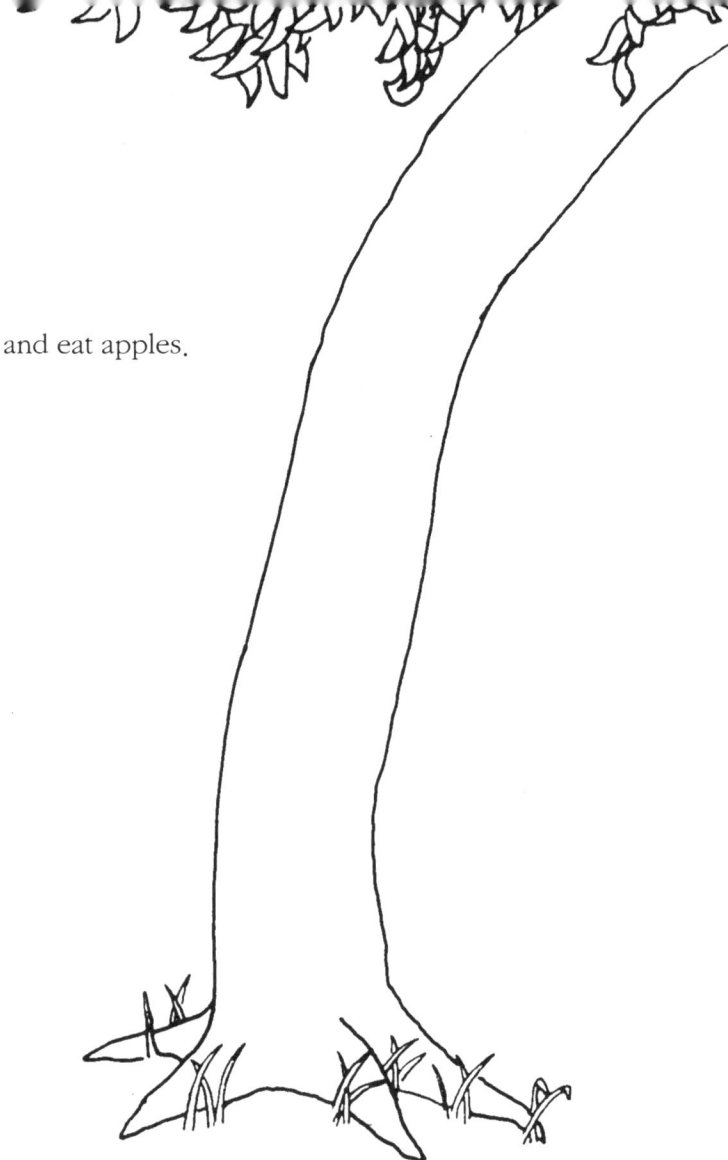

and eat apples.

사과 열매를 띠먹기도 했어요.

And they
would play
hide-and-go-seek.

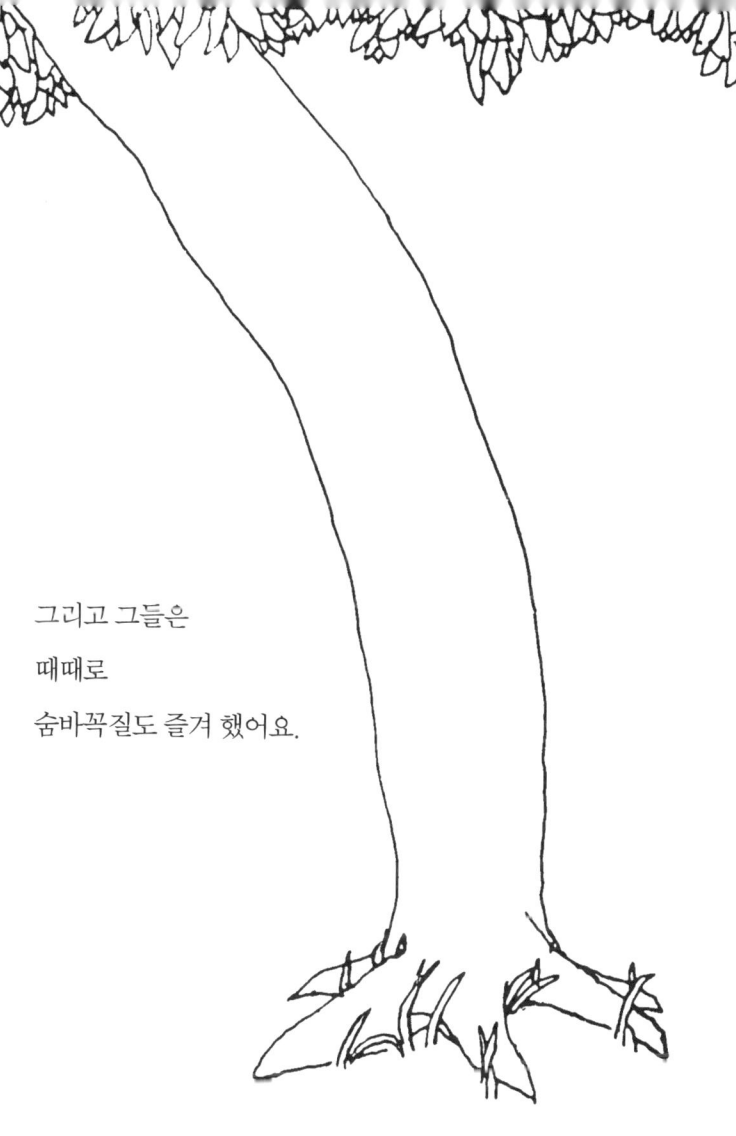

그리고 그들은
때때로
숨바꼭질도 즐겨 했어요.

And when he was tired, he would

sleep in her shade.

놀다 지치면,

나무 그늘에서 낮잠도 잤어요.

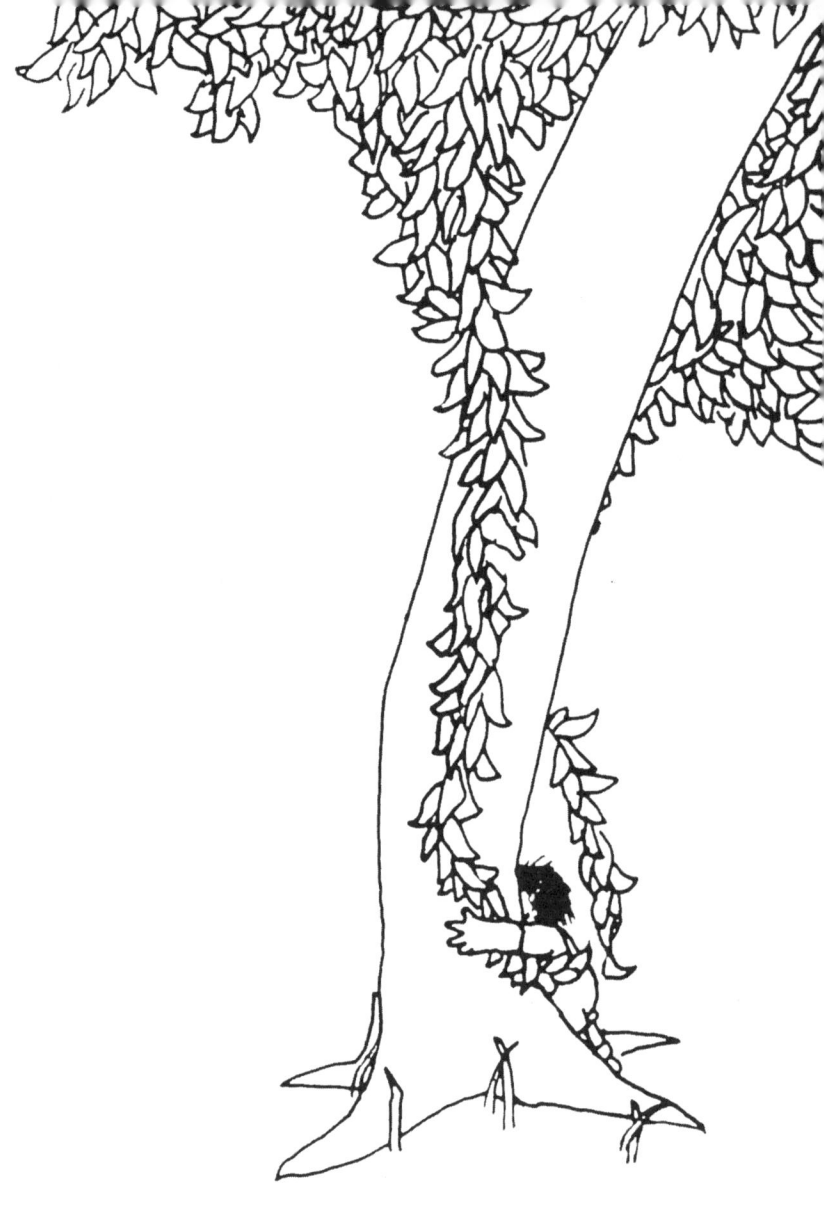

And the boy loved the tree…
very much.

소년은 나무를 사랑했습니다.
말할 수 없이.

And the tree was happy.

그래서 나무는
마냥 행복했어요.

But time went by.

그러는 사이 시간은
자꾸만 자꾸만 흘러갔습니다.

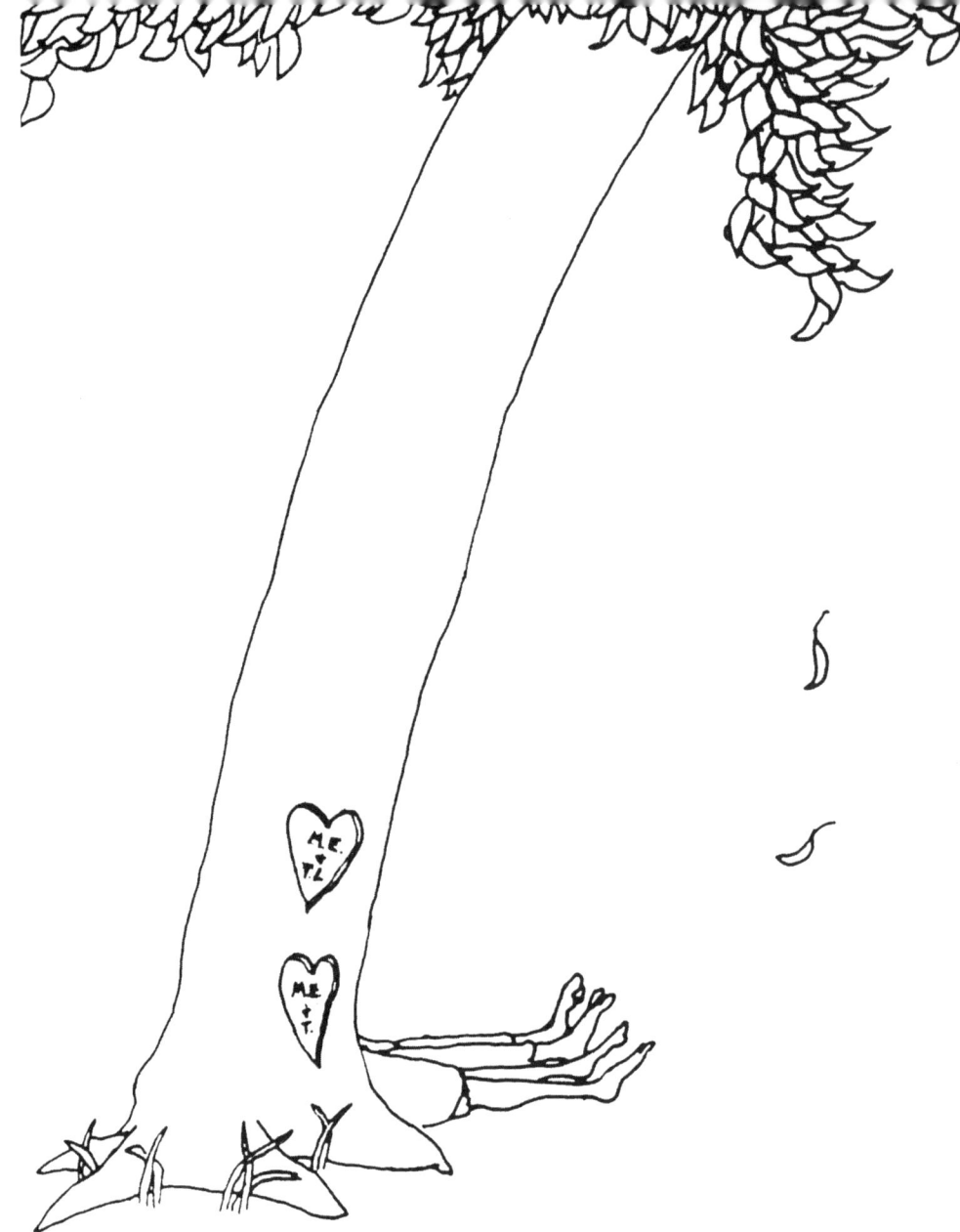

And the boy grew older.

소년도 차츰 나이가 들어갔죠.

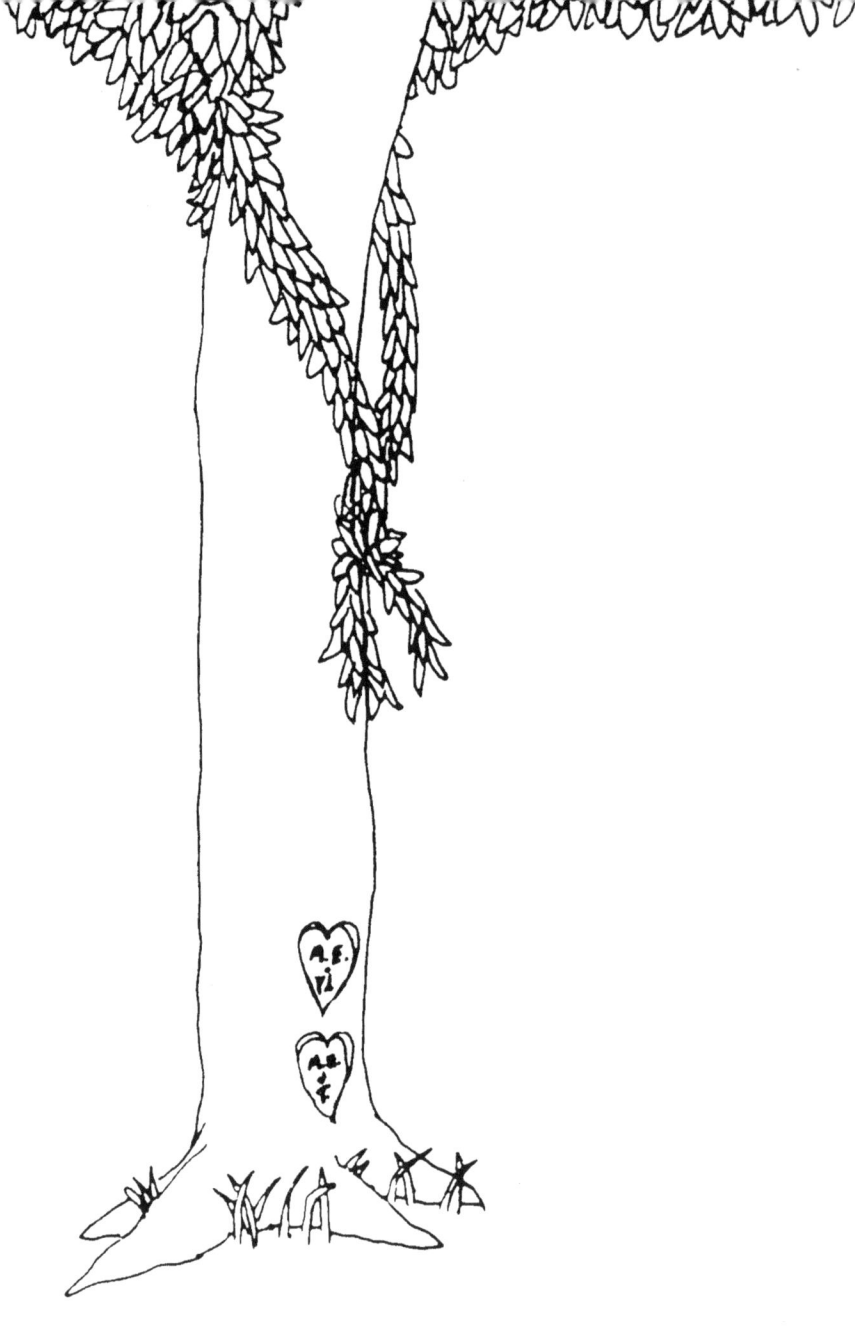

And the tree was often alone.

그래서 나무는

혼자 있는 시간이 부쩍 늘었어요.

Then one day the boy came to the tree
and the tree said, "Come, Boy, come and climb
up my trunk and swing from my branches
and eat apples and play in my shade
and be happy."
"I am too big to climb and play." said the boy,
"I want to buy things and have fun.
I want some money.
Can you give me some money?"

그러던 어느 날 소년이 나무를
찾아오자, 나무가 반갑게 맞으며 말했어요.
"어서 와. 올라서서 그네도 타고 사과도 따먹고
그늘에서 재미있게 놀자꾸나."
"난 나무에 올라가 놀기엔 너무 컸는걸.
돈이 좀 필요한데,
여러 가지 물건도 사고 멋있게 즐기고 싶어.
돈을 좀 줄 수 있겠니?"

"I' m sorry," said the tree, "but I have no money.
I have only leaves and apples.
Take my apples, Boy, and sell them
in the city. Then you will have money
and you will be happy."

"미안해" 나무가 말했습니다.

"이를 어쩐담, 가진 돈이 없어서. 내가 가진 거라곤

나뭇잎와 사과뿐인걸.

이봐, 사과를 따서 도회지에 내다 팔면 어떨까.

그렇게 되면 돈을 가질 수 있게 될 테고,

행복해질 수도 있을 테니까 말야."

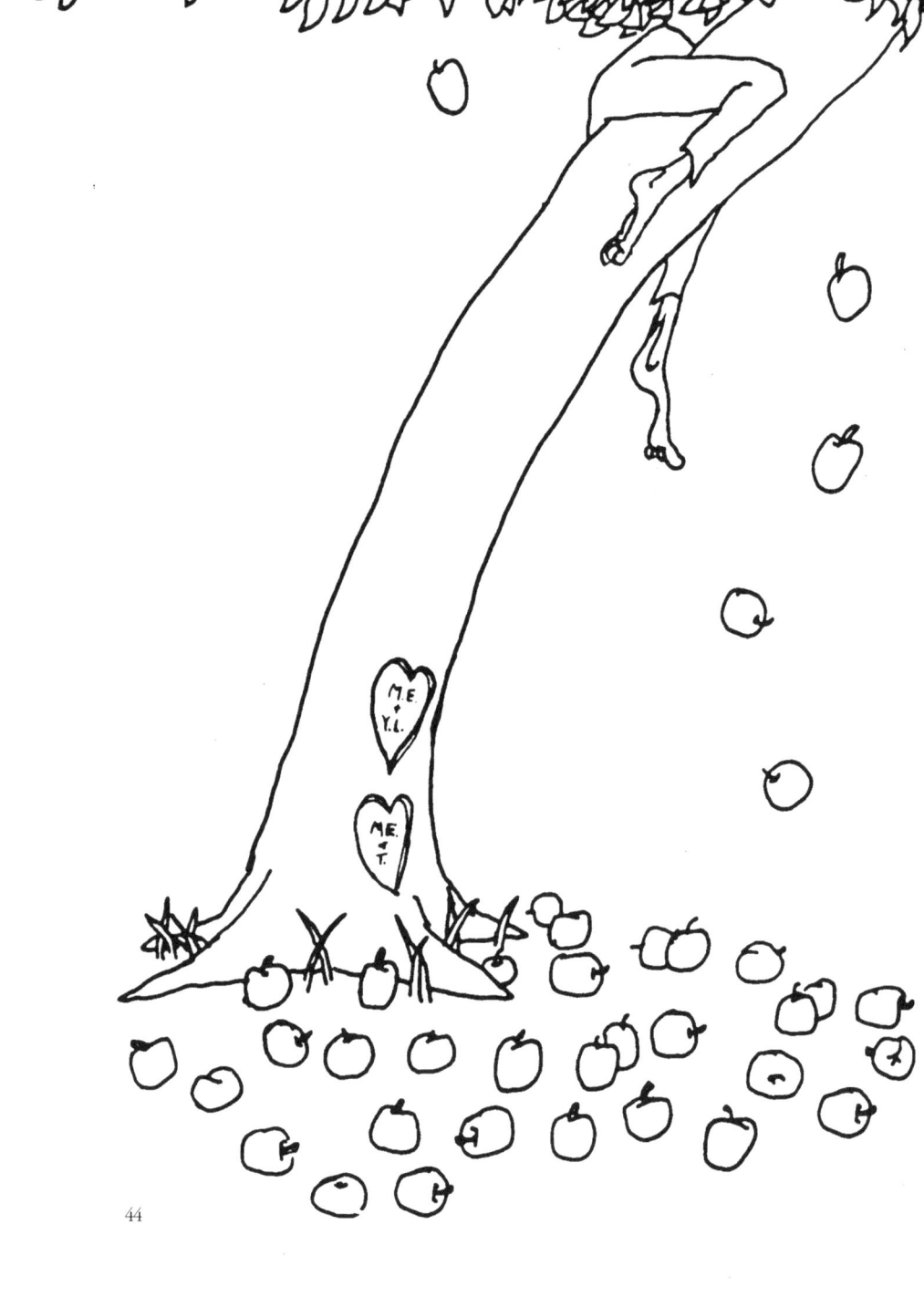

And so the boy climbed up the
tree and gathered
her apples
and carried them away.

And the tree was happy.

그러자 소년은 나무를
타고 올라가 사과를 따 모아 가지고는
떠나 버렸습니다.

그런데도 나무는
그저 행복하기만 했어요.

But the boy stayed away
for a long time···
and the tree was sad.
And then one day
the boy came back
and the tree shook with joy
and she said, "Come, Boy,
climb up my trunk
and swing from my branches
and be happy."
"I am too busy to climb trees."
said the boy.

그러나 떠나간 소년은
오랫동안 돌아올 줄 몰랐죠…
나무는 슬펐습니다.
그런데 어느 날
소년이 드디어 돌아왔어요.
나무는 너무나 기쁜 나머지
어쩔 줄 모르며 말했죠.
"웬일이지.
애야, 어서 올라와 그네도 타고
재미있게 놀지 그러니."
"난 아주 바빠서 나무에 오를 틈이 없어."
소년이 말했습니다.

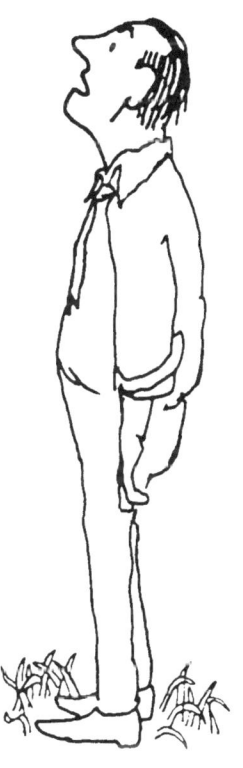

"I want a house to keep me warm."
he said.

"I want a wife and I want children,
and so I need a house.
Can you give me a house?"

"I have no house." said the tree.

"The forest is my house,
but you may cut off my branches
and build a house.
Then yon will be happy."

"난 따뜻하게 감싸 줄 집이 필요해.
아내와 아이들이 있었으면 좋겠고.
그래서 집이 필요하거든.
내게 집 한 채 마련해 줄 수 있겠니?"
"내겐 집 같은 건 없어."
나무가 말했어요.
"이 숲이 바로 나의 집이거든.
하지만 네가 내 가지들을 베어다가
집을 지을 수는 있을 거야.
그렇게 되면 너는 행복해질 테고 말이야."

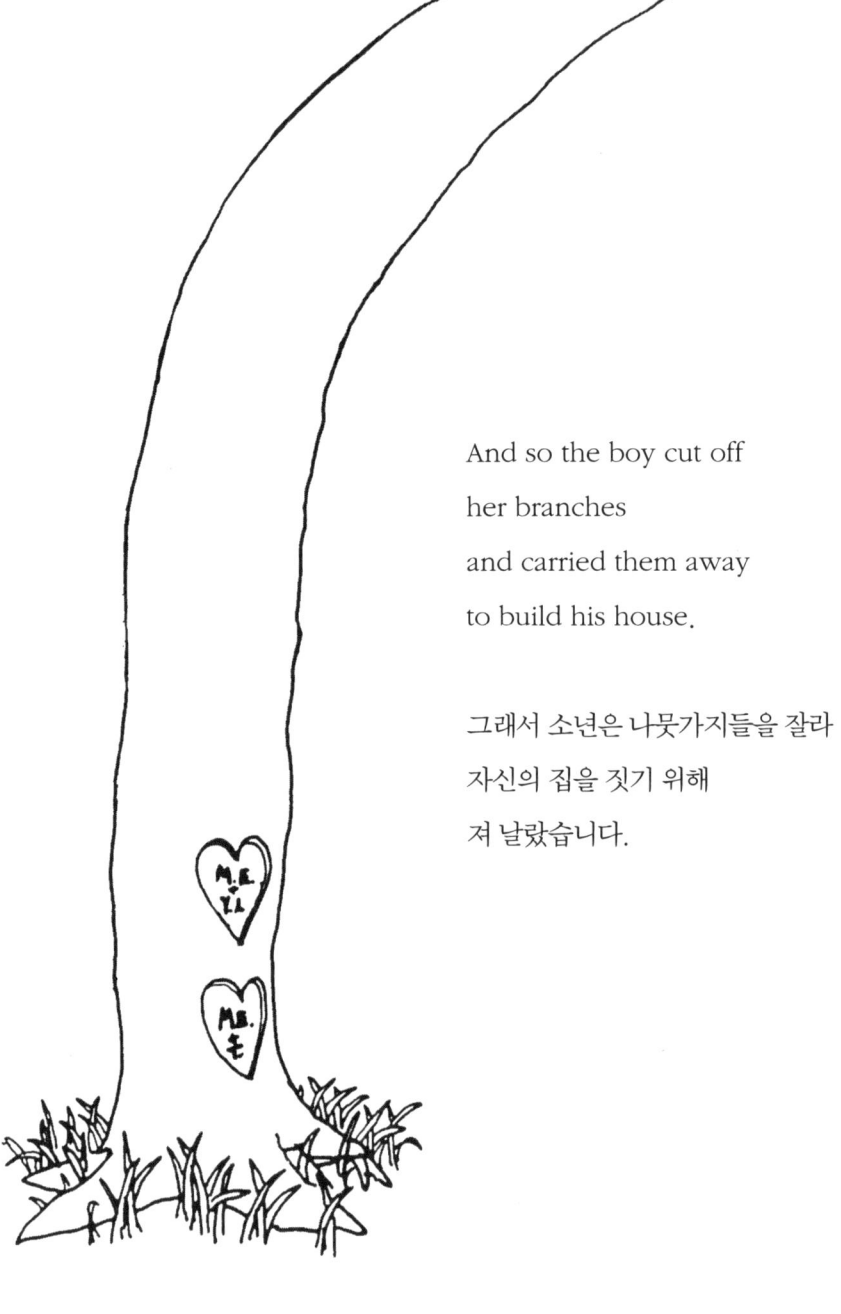

And so the boy cut off
her branches
and carried them away
to build his house.

그래서 소년은 나뭇가지들을 잘라
자신의 집을 짓기 위해
져 날랐습니다.

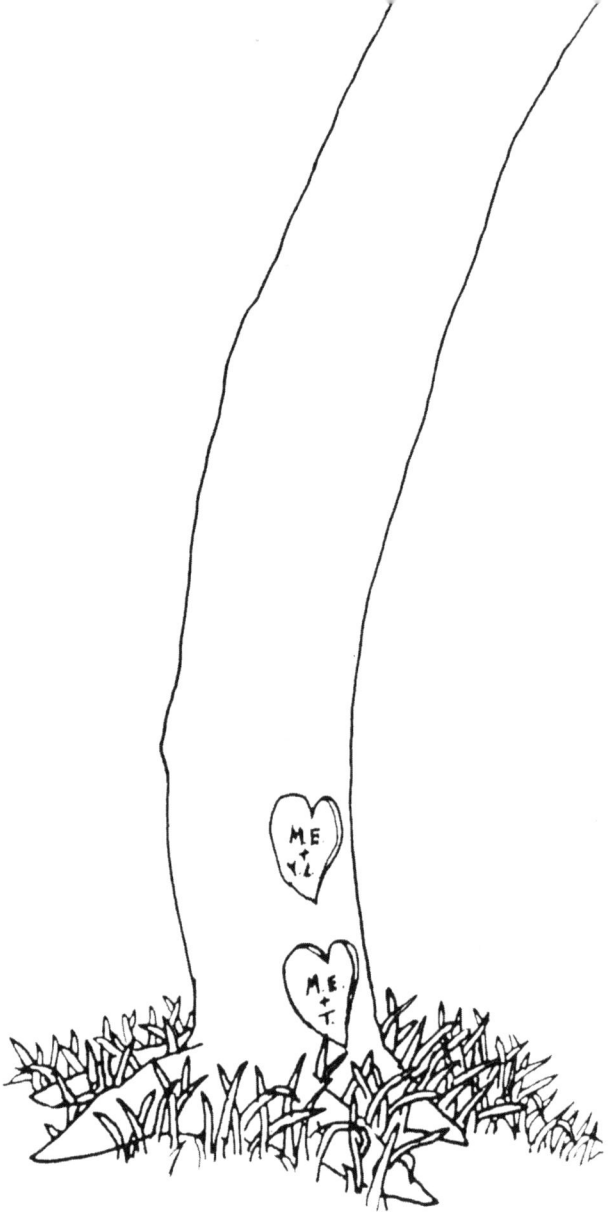

And the tree was happy.

그래도 나무는 그지 행복하기만 했어요.

But the boy stayed away

for a long time.

And when he came back,

the tree was so happy

she could hardly speak.

"Come, Boy," she whispered,

"come and play."

"I am too old and sad to play."

said the boy.

그러다가 소년은

또 오랫동안 돌아올 줄 몰랐습니다.

그러나 소년이 돌아올 때면

나무는 말로 표현할 수

없을 만큼 기뻐서

소년에게 어줍잖게 속삭이는 것이었어요.

"어서 와. 이리 와서 놀자꾸나."

"난 이제 나이가 너무 들었어.

노는 게 서글퍼지는군."

소년이 대답했죠.

"I want a boat that will

take me far away

from here.

Can you give me a boat?"

"Cut down my trunk

and make a boat."

said the tree.

"Then you can sail away···

and be happy."

"난 여기서 날 멀리 데려다 줄

배 한 척만

있었으면 해.

내게 배 한 척만 준비해 줄 수 있니?"

"내 나무 기둥을 베어 배를 만들렴."

나무가 말했습니다.

"그럼 넌 먼 곳으로 항해할 수 있을 테고

또 행복해지겠지."

And so the boy cut down her trunk

and made a boat and sailed away.

그래서 소년은 나무기둥을 베어서
배를 만들어 먼 항해길에 나섰습니다.

And the tree was happy···

but not really.

그리고 나서도 나무는
그저 행복했었지만…
꼭 그런 것만도 아니었어요.

And after a long time
the boy came back again.
"I am sorry, Boy,"
said the tree, "but I have nothing
left to give you.
My apples are gone."

그리고 오랜 시간이 지난 뒤
소년은 다시금 돌아왔어요
"여보게, 이젠 미안하게 됐군."
나무가 말했어요.
"자네에게 줄 것이라곤
아무것도 없으니 말이야.
사과도 다 떨어져 버리고."

"My teeth are too weak
for apples." said the boy.
"My branches are gone."
said the tree.
"You cannot swing on them-"
"I am too old to swing
on branches." said the boy.
"My trunk is gone." said the tree.
"You cannot climb-"
"I am too tired to climb." said the boy.
"I am sorry." sighed the tree.
"I wish that I could
give you something⋯
but I have nothing left, I am just
an old stump. I am sorry⋯"

"난 치아가 오래되어서
사과를 씹을 수가 없는걸."
소년이 심드렁하게 말했어요.
"내 나뭇가지도 잘려 나갔으니 그네를 탈 수도 없게 됐구."
나무의 대답이었어요.
그네를 다기엔 난 너무 늙어 버렸는걸."
소년이 대답했어요.
"내겐 아름드리 나무기둥도 베어졌으니
네가 오를 수도 없게 되었고."
"난 나무를 타기엔 늙어 버렸어."
"아무튼 미안해. 뭔가 네게 주긴 줘야겠는데…….
내게 남겨진 거라곤 아무것도 없지 뭐니,
한낱 나무 밑둥에 지나지 않아.
미안하기만 할 따름이야……."

"I don' t need very much now," said the boy,

"just a quiet place to sit and rest I am very tired."

"Well," said the tree,

"straightening herself up as much as she could,

"well, an old stump is good for sitting and resting.

Come, Boy, sit down. Sit down and rest."

"이제 내가 필요로 하는 건 별로야,

앉아서 편히 쉴 조용한 곳이나

있었으면 좋겠는데.

한마디로 피곤해 죽겠어."

소년이 말했죠.

"응 그렇단 말이지."

나무가 구부정한 몸체를

안간힘을 다해 똑바로 펴며 말했어요.

"이 보게나, 앉아서 쉬기에는

나무 밑둥이 안성맞춤일걸세.

자, 이리 와서 앉게나.

앉아서 쉬지 그래."

And the boy did.

그래서 늙은 소년은 엉거주춤
나무 밑둥이 하라는 대로 했어요.

And the tree was happy.

그러면서도 나무는
그저 행복하기만 했습니다.